내 이름을 자꾸 써 보게 된다

각산마을 시 쓰는 할매들

들어가며

숙제 검사를 하는 임수현 시인님의 목소리가 들린다. "선생님 시는 마지막 부분만 시예요. 시가 시작되려고 하는데 끝나버렸어요." 상처받은 건 아닌지 걱정하는 쫄라 지적을 받은 학생이 깔깔깔 웃으며 쓰게 된 이야기를 시작한다. 이야기가 끝나자, "한순님, 그 이야기가 시네요!" 한 줄만 시인 시를 숙제로 써오던 이 여성들이 이렇게 멋진 시를 써낼 거라고 누가 짐작이나 했을까. 독서 모임인 줄 알고 속아서 모인 열한 분의 여성들과 3개월 동안 매주 월요일마다 모여서 시를 썼다. 처음에는 모르겠다는 말만 반복하던 분들이 점점 인생을 이야기하기 시작했다. 인생을 시로 쓰기 시작했다. 이 분들의 시를 가만히 듣던 나는 엄마에게도 엄마가 있었다는 당연한 사실을, 엄마도 아빠가 그립다는 사실을 비로소 알게 되었다. 3개월 동안의 시 수업은 이렇게 끝이 났지만 이제 시작이라고 생각한다. 아직 할 말이 많이 남았으니. 마지막 숙제 검사를 하는 날, 임수현 시인님의 목소리가 다시 들린다.

"참 잘했어요. 그게 시예요!"

차 례

들어가며

나오며

사위어질 꽃향기에 다 녹아내려

김한순

여름날

장마로 자주 비가 내리던 어느 날
고추가 붉게 익어가는데 일손은 없고
고추가 물러지는 것이 안타까워 도와주러 갔다

비옷을 입고 붉은 고추를 따는데
비는 억수로 쏟아지고
온몸이 젖어 있어도
자루에 가득 채워지지 않는 붉은 고추

구부리고 고추를 땄더니
허리도 아프고

그러다 고개 들어 향기 나는 쪽을 봤다
사위어질 꽃 향기가 얼마나 달콤한지
세상에나 이런 거구나

힘들고 지치고 어려워도
사위어질 꽃 향기에 다 녹아내린다

그렇게 붉은 고추 따는 작업을 마무리했다

강성남

울 엄마 택호는 아양댁
아양댁 딸 넷, 첫째는 부산에
둘째는 구미에
셋째는 대구에 산다
넷째는 거창에서 쑥콩국수 식당을 30년째 한다

어머니 보고 싶어요
지금 계신 곳은 어떠신가요

벌써 딸들이 어머니 가실 때 나이가 되었네요
오랫동안 병원 신세 지지 말고 자는 잠에
갈 수 있게 어머니 기도해 주세요
어머니 만나서 궁금했던 지난 세월 나눠봐요

울 엄마 삶은 참으로 고달팠는데
없는 살림에 육 남매 키우셨고
아버지는 인자하셨지만 술을 좋아하셨다

거기에 아랫동네 시동생 내외가 사는데
육 남매 낳고 막내가 돌 지났는데
동서가 아파 죽었다

홀아비 시동생과 조카들 밥 해주고 돌봐줘야 하는데
얼마나, 얼마나⋯⋯

울 엄마는 맏이라 그래야 된단다
불평하지 않고 그래야 된단다

난 그러는 울 엄마 미웠다 속상했다
그렇게 몇 해 지나 새 동서를 맞고
어린 조카 돌보는 일에서 해방됐다

내가 시집갈 때 맏이라 걱정하니
걱정 마라 그래도 맏이가 대우 받는다
어른들한테 인사 듣는다
그랬던 울 엄마다

한 번도 강성남인 적 없었던
울 엄마

단감

마당에 심어놓은 단감나무에 처음 감이 달린 해
4~50개 열린 감을 따놓고 출근했다가
늦게 퇴근해 오니 아버님이 단감을
곶감으로 깎아서 옥상에 걸어 두었다

어쩌나, 단감을 곶감했으니……

곶감이 다 마르기 전에 아버님이 갑자기 3일 정도
편찮으시다 돌아가셨다

곶감이 다 마른 뒤에도
난 곶감을 먹지도 못하고
냉동실에 몇 년을 그냥 두었다

지금도 해마다 단감을 수확해서
여러 사람 나눠 먹는다
아버님이 심어놓은 감나무에서

시가 뭔지 알면 좋겠다

내 요즘 시 배우러 다닌다

우리 가족 카톡에 올렸더니

어머니 시 쓰세요?
와우! 잘하셨어요

며느리가 어머니 멋지세요! 한다

시를 쓰다 보니 친정 엄마 이야기
아버님 단감 이야기가 들어온다

시를 쓰다 보니
자꾸 옛날 생각이 난다

한순에게

한순아! 잘 살고 있니?
스물넷에 시집와 시아버님 시어머님
시동생 셋, 시누이 한 명, 아들 둘 낳고
40년 세월이 흘렀네

10년이면 강산도 변한다는데
40년 동안 얼마나 많은 일이
고통과 슬픔과 외로움과 풍파가 지나갔지

그래, 한순아
잘 견디고 이겨내니
너의 삶에도 자유와 평화가 왔네

잘 살아줘서 고맙다

죽음

처음엔 그냥 건망증으로 생각했는데
집을 잘 못 찾아오고
나보고 자꾸 아지매 아지매 그런다

주간보호 다닐 때는
노래도 부르고 종이꽃도 접고
잘 지내셨는데

다리를 다치면서
걷지도 못하고 집에만 누워 있게 되니
욕창이 생겼다

어느 날은 입원해 있는데
옷을 갈아 입혀도 금방 옷이 젖어
팔을 만져보니 팔뚝에서 물이 뚝뚝 나온다

몸이 수액을 흡수하지 못해서라는데
나는 눈 뜨고 볼 수 없어

보호자가 책임지겠다는 싸인을 하고
집으로 모셔왔다

모셔 온 며칠 후 돌아가셨다
치매 어른 모신다고 고생했다고
집안 어른들이 말씀하셔도
못다 한 불효를 어쩔거나

어머님, 죄송합니다 죄송합니다 죄송합니다

들판의 초록은 점점 짙어가고

남주연

사진 속 작은어머니

뜨거운 여름밤 정성 들여 차린 제사상에
환하게도 웃고 계신 사진 속 작은어머니
장가 못 보낸 아들들 걱정에
늘 애쓰며 사신 분
그 아들이 무릎 꿇어 술 따르고 절을 하네요

평생 일만 하다 뇌출혈로 돌아가신 분
아들은 그립고 보고 싶다고 하네요

가꾸시던 화단과 장독대
텃밭에서 나물 주시려 부르시던 목소리
코끝이 찡해져요

사진 속에는 마치 살아계신 듯 웃지만
얘기할 수도 만져 볼 수도 없는
제 눈에는 슬픈 표정으로 애처롭고 쓸쓸해 보여요

피어오르는 향의 연기는 보이지만
살랑부는 바람결에 왔다 가셨죠?

대접에 물을 떠 올리며
마지막 절을 합니다
잘 보살펴 주시길 빌면서요

너무 쓴 커피

커피 한 모금 입에 담고
친구가 얘기해요
다달이 먹는 약이 없으니
남편은 자기보다 낫다구요

이석증에 팔도 다리도 아프다는 친구는
매일 집을 나서기 전에
설거지며 청소를 다 해놓고 나온다고 해요

"왜?" 내가 물으니
혹시라도 집에 돌아오지 못하게 되었을 때
누군가에게 정리되지 않은 살림을 보이기 싫다구요

먼저 간 언니를 보며 친구는
늘 마지막을 생각하며 산다고
표정 없는 얼굴로 얘기해요

오늘따라 친구가 내어 준 커피는
너무나 쓰고 잘 넘어가지 않네요

박근준

뜨거운 삼복더위 들판의 초록은
점점 짙어만 가네요
이즈음이면 부추며 쪽파가 한창이지요
예쁘게 다듬어 반찬 하라고 주시던
자상하신 아버지

농사일 힘들어 아픈 몸 잊으려
한 잔 하시고
더위에 입 맛 없어 한 잔 하시더니
한 분 두 분 술친구들 먼 길 가시고
외로워 술을 그렇게도 드셨나 봐요

까맣게 얼굴도 피부도 변하고
마른 나뭇잎처럼 퍼석한 손등은
손만 대어도 부서질 것 같아

일요일 아침 시끄러운 TV소리에
주무시는지 방에 가 보니

아무 말 없이 진짜 먼 길 가셨네요

아들 며느리 고생스러울까봐 가시는 길도
조용히 주무시며 가셨네요

들판의 초록은 점점 짙어가고
정성 들여 차린 상
술잔 가득 따라놓은 곡주 드시고 가셨나요?

*1938년에 나셔서 2011년 6월에 돌아가신 아버님. 평생 농사짓고 농부로 홀로
3남 1녀 키우시며 고생하시다가 며느리 손주들 보시고 효도 받으며 좀 더 오래
사셔야 했는데 바삐 가셨네요.

슬픈 고양이

유리문 밖에 서성이던 녀석과
눈이 딱 마주쳤어요

누가 이기나 괜한 오기로 쏘아보는데
더 험한 눈길로 나를 노려보는 녀석

친구가 새끼를 잃어서 날카롭다고
마지막 보았던 이곳을 맴맴 돈다고 해요

그랬구나
나도 잠시 아이를 잃었을 때
정신없이 헤맸는데
그때 나처럼 너도 그렇구나

그렇게 한참을 쳐다보다
어디론가 가 버리는 녀석

소리 내 울어보렴
네 소리 들을 수 있게

못

살살 두드리고 때로는 조심조심
인연의 못을 두드렸죠
잘 안 들어갈 땐 온 마음을 다해
자리 잡을 수 있도록
시간도 애정도 많이 줬던
마음속 못들이 있었죠

뿌듯함에 단단한 줄 알았던 못들이
어느 날 예고도 없이 매정히 뽑힐 땐
걷잡을 수 없이 아팠죠
무슨 일인지 조차 몰랐어요

마음 속엔 빨간 구멍만 숭숭
시린 바람이 드나들 때면
못 구멍에서도 내 맘속에서도 눈물만 흘렀죠

외로운 시간이 계속 되고서야 알았죠
그동안 인연의 못을 박느라

참 많이 애쓰고 힘들었지요

아직도 못 자국이 남아 아프지만
애쓰지 않으려구요
쓰리고 아픈 채로 견뎌 보려구요
좀 더 단단해지면
못들이 두드리지 않을까요?

각산 골목길

예전엔 각산이라 불렀는데
금리단길로 바뀌었네요

여고 시절 등하굣길
가서 놀던
자취하던 친구 집도 그대로 있네요

벚꽃 아래
나란히 줄지어 사진도 찍었댔죠
웃음도 참 많이 만들어 냈죠

송충이를 보고 꺅 소리 지르며
발을 동동 구르던
그 친구들은 다 어디로 갔을까요

금리단길로 바뀌고
소품 가게와 책방과 카페가 새로 생겨났지만
골목 담장 넘어 환한

능소화는 그대로네요

시 공부하러 온 나는
그때 여고생 그대로인 것 같은데……

내 이름을 자꾸 써 보게 된다

변영숙

보고 싶은 어머니께

어머니와 만난 지도 35년의 세월이 지났네요
어머니의 얼굴을 봐도 화가 나셨는지 기분이 좋으신지
뭐가 필요하신지 느껴집니다
알면서도 모른 척할 때도 있었어요
모두 표현하면 서로 상처가 될 테니까요

어머니도 그러셨죠
그러니 사람들이 우리 둘을 보면
딸이냐고 친정 엄마냐고 물어보곤 했었잖아요
어머니 저는 어머니가 어디 아프다고 하시면
제가 잘못 모셨나 하는 생각이 들어요

과일 팔던 도연이 할머니가 요양원으로 들어가셨대요
어머니는 요양원에 가기 싫으시죠?
그러니 자꾸 운동하시고 움직이세요
아파도 움직이셔야 해요

어머니, 저는 기도합니다
우리 어머니 주무시다가 아버님 꿈꾸시다가
두 분 손잡고 가시게 해달라고요
어머니도 기도해 주세요
주무시다가 가게 해 달라고요

아직은 가지 마시고요
저랑 조금 더 정을 나눠요

첫아들을 낳았다

맏며느리라 아들을 낳고 싶었다
매일매일 기도를 했다
장동건처럼 잘생긴 아들 낳게 해달라고……

온몸에 힘을 다 빼고 난 다음에
아기가 태어났다

"아들입니다" 하는데 너무 기뻐서
눈물이 났다
기도를 들어주셨구나
아기를 안았는데 실망했다

너무 못생겼다
내 기도를 반만 들어주셨구나

그런데 아기가 커가면서 달라졌다
"잘생긴 아들 낳게 해주세요"
기도를 들어주셨던 것이다

*1989년 7월 29일 구미 순천향병원에서 첫아들이 태어남.

첫 손주

큰아들네가 복권을 건네주었다
설레는 마음으로 동전을 쥐고 긁었다
천 원이 당첨되었다
와~~하는데
〈할머니 당첨입니다〉가 눈에 들어왔다
나는 너무 기뻐서 웃으면서 울었다
며느리를 꼭 안아주면서 고맙다고 했다
태명이 '크롱이'
크롱이가 태어나면
아들은 낳은 지 35년 만에
나는 할머니가 된다
좋은 할머니가 되겠지

*2024년 10월 어느 날에 할머니가 된다.

시인

나이가 들어보니 좋은 것도 있다
부끄러움이 없어졌다
시를 쓰고 남들 앞에서 발표한다는 것은
정말 대단한 성과이다
예전 같으면 부끄럽고 가슴이
떨려서 포기했을 것이다
그런데 이제는 된다
나이가 든다는 것이 또 다른 '나' 로
살게 해 주는 거 같다
금리단길 카페 '무이' 에서
시를 배우면서
내 이름을 자꾸 써 보게 된다
변 영 숙

틈

사위가 첫 인사를 온 날이다
동네에서 쌈닭이라고 소문난
큰 시누이가 집에 왔다

일부러 안 불렀다
안 왔으면 했는데

자기를 안 불렀다고 서운했는지
정말 개지랄을 떨었다

사위한테 너무 부끄러웠다
딸은 울었다

나는 한 마디도 안 했지만
당신과는 끝이다
마음의 문을 쾅! 닫았다

엄마 죽어도

나 부르지 말라고 시누이가 가며 하던 말

어머니 방까지 들렸을 그 말

금이 나 버린 틈으로 아직도

찬바람이 쌩쌩 불어온다

못

거실에 걸어 둔 액자가 떨어졌어요
남편이 못 하나 박아서 걸자고 했지요
나는 못 대신 접착고리로 걸어 놓았어요
작년보다 더 단단히 걸어 놓았는데
또 바닥에 떨어지네요
남편 눈이 호랭이 눈이 되었어요
난 벽에 못 박기 싫어요
당신 몸에 상처 내는 것 같아서요

겨울과 봄이 어떻게 지나갔는지

서태형

아프면 안 된다

우리 집 거실 가장자리 한켠 자리 잡은 냉장고
한 번씩 윙윙 소리가 나고 얼음이 녹아내려
서비스 센터에 전화를 걸었다

전화기 너머 들리는 소리
치료가 힘듭니다 마음의 준비를 하세요 라는 소리로 들
린다

우리 식구 일용할 양식 책임지고
상하지 말라고 꽁꽁 얼려줬던 냉장고
온몸 바쳐 희생한 할머니처럼

아프면 안 된다 아프지 말아야 한다
냉장고가 힘겹게 말한다

어떤 날이 찾아왔나요

어떤 날이 찾아왔나요
오랜만이다! 라는 이 말을 하는 순간
벌써 여름이 다가왔어요

겨울과 봄이 어떻게 지나갔는지
모르는 사이
찾아왔어요

각산마을 골목마다 곳곳에 장미가 피고 지고
사피니아가 지고 피고
배롱나무꽃이 피었다 지네요

내년에는 또 어떤 날이 찾아올까요

이불 한 장 속에

이불 한 장 속에
시어머니와 함께 나란히 누웠다

나는 모로 누워 팔을 베었다
조금 뒤 시어머니께서
"팔을 베고 누우면 저려 안 좋다"

팔을 빼 베개 위에 내 머리를 뉘었다
어색한 적막함이 감돌 때

시어머니께서 잠이 드셨는지 드르렁 코를 골기 시작했다
나는 다시 모로 누워 팔을 베었다

등 뒤에서 시어머니 목소리가 들릴까 숨을 죽이고 누웠다
시어머니 숨소리가 낮게 들려왔다

달이

각산마을 금리단길 무이 카페에는 달이가 산다
달이는 각산마을 금리단길 마스코트다

달콤한 츄르 냄새를 맡고
도도한 걸음걸이 가벼운 발걸음으로 뛰어온다

츄르 한 봉지 다 먹고는
볼일 다 봤다고 미련없이 돌아선다

달이는 길냥이 시절을 보냈다
깡마른 몸과 인간이라는 족속의
손길을 거부하는 고양이였다

지금은 달이의 눈빛으로
지나가는 사람 걸음을 멈춰 세운다
"어머, 고양이다. 귀여워" 소리친다

잡으라는 쥐는 안 잡고

어릴 때 쥐가 온 집을 훑고 지나다녔다
하수구 구멍 속에서 얼굴을 삐죽 내밀며

나는 깜짝 놀라 물 한 바가지
하수도 구멍에 들이 붓는다

이제 오지 말거라
아버지는 쥐를 잡기 위해
아는 분께 고양이 한 마리를 분양 받았다

'야옹' 앙칼지게 들려
근처에 얼씬도 못했다

그것도 모르는 쥐 한 마리
하수구 구멍으로 고개를 내밀고

고양이는 집안을 헤집는
쥐를 도도하게 바라만 보았다

그날, 아버지는 고양이를 아는 분께 돌려보냈다

못

눈으로 들여다 보면
보이지 않는 작은 구멍 사이

둔탁한 망치질에 몸을 맡긴 채
깊숙이 어둠 속에 굽어진 채 못이 박힌다

어린 내가 살던 고향 집
얼마나 많은 못이 박혔을까?

꽃무늬 벽지 속에 가려진
벽의 상처

오래된 콘크리트 벽에는
크고 작은 못 자국에 사연이 쌓여 있다

벽의 가장자리 먼지를 털어내고
박힌 못 자국을 감추며
새로 찍은 가족 사진을 걸어둔다

덩굴 마음껏 타고 올라가서

손순희

고라니

고라니 눈망울 보면 엄청 예쁘다
어쩜 저렇게 예쁜 눈을 가졌을까
예쁜 눈망울을 가졌는데 사람한테는
왜 예쁨 받지 못할까

농장 밖에 파릇파릇 돋아나는 새싹을
야금야금 먹어치우니
농부들은 속상해서 고라니가 들어오지 못하게
울타리를 쳤다

울타리에 걸린 고라니 살려달라고
발버둥을 친다
그런 고라니를 보니 저도 엄마가 있을 텐데
안됐기도 하고
한편으로 생각하니 얄밉고
초롱한 눈빛 바라보니 마음이 아팠다

울타리를 싹둑싹둑 잘라주니
고맙다 인사 한마디 없이
껑충껑충 뛰어간다

그래, 잘 살아라

여름

여름이면 그날이 생각난다
우르르 쾅쾅 여기서도 번쩍 저기서도 번쩍
세차게 몰아치는 빗속에서 일하다 말고
혼자 집에 있는 딸 생각이 났다

온몸 흙탕물을 뒤집어쓴 채
집으로 뛰어가 보니

딸 모습이 보이지 않았다

이리 뛰고 저리 뛰고 저 어디선가
엄마 엄마 부르는 소리
어느 집 대문 앞에 오들오들 떨고 있는 딸

집에 있지 뭣하러 나왔냐고
화를 냈다

엄마 비 맞을까 봐

마중 나온 딸에게 포근히 안아주지 못할망정

지금도 천둥 치고 비 오는 날이면

그날이 생각난다

수세미 덩굴

아침 햇살이 들어오는 창밖을 내다보니
벽돌 틈 사이 수세미 덩굴이 보였다

너무 좁은 구멍인데
어떻게 나왔을까

멀리 타고 오르라고 나뭇가지를 걸쳐주었다

다음날 보니
수세미 덩굴이 보이지 않았다
아니 어딜 갔지

뿌리가 있는 집에서 덩굴을 잡아 당겨갔다

이제는 뿌리 있는 집에서
덩굴 마음껏 타고 올라가서
잘 자라라

그늘도 되어주고
서로 의지하며 잘 자라라

못

가족사진 하나 걸려고 큰 망치로 사정없이 내리치니
균형이 잘 안 맞아서 그런지 구부리다 빼고
다른 못 박아 내리치니 또 구부러지다 아예 안 들어간다

아! 이게 다 내 욕심이구나
못도 한꺼번에 들어가기 싫었겠지

살살 다루어서 못을 치니
쏙– 들어간다

뿌듯한 마음에 가족사진 걸어놓고 보니
네모난 액자 속 가족이 웃고 있다

고구마 캐기

처음 고구마 줄기 사다 텃밭에 심었다
심는 도중 비가 내려 흙이 푹신푹신했다
비 맞고 자라 그런지 하루하루 다르게 쑥쑥 자랐다

고구마 줄기를 이리보고 저리보고
고구마 먹을 생각에 풀을 뽑고 또 뽑았다

고구마 캐는 날 고구마 다칠까 봐
살살 다루어 캐니
주먹만 한 붉은색 고구마가 뽑혀 올라왔다

여러 개 봉지 쭉 펼쳐놓고
여기도 담고 저기도 담고
지인들 맛보라고 나눠줬다

내년에도 고구마를 또 심어야겠다

상처

상가 주변에 살다 보니
늘 담배꽁초가 여기저기 흩어져 있다

보이는 족족 줍는다
이날도 어김없이 담배꽁초를 줍고 있는데
지나가는 행인이
담배꽁초를 휙 던진다

나는 어이가 없어
여보세요 담배꽁초 줍는 거 안 보이세요

행인이 하는 말이
아줌마 땅 아니잖아요, 한다

그 말을 듣는 순간 너무 어처구니 없어
멍하니 뒷모습만 쳐다보고 있는데

지나가는 행인이 뭐하세요? 묻는다
담배꽁초 주워요
아! 그래서 거리가 깨끗했군요

사람 마음 다 다르구나
그래 버려라
나는 줍는다

오늘도 나는 담배꽁초 줍는다

산길을 끝없이 걷는 것도 좋아해요

신귀애

삶

선택의 여지도 없이 태어나
산다고 산다고 고단했어요

다닥다닥 모여서
참으로 복작대며 살았어요

흙에서 나서 흙으로 돌아가니
어느 아침 새벽 이슬처럼 사라지고 싶어요
묘비명 그런 거 필요 없어요

살아서도 좋았지만
근심에서 벗어나니
죽어서도 더 좋을 것 같아요

우리나라 어디라도 파란 하늘 아래 어디라도
산이나 강이나
아무 데나 뿌려주세요

비 오는 날

장맛비가 갑자기
세차게 내린다

반가운 마음에 우산을 쓰고
대문 밖을 나서니
긴 골목길 끝에서 젊은 외국인이
우산도 없이 젖은 채
걸어오고 있었다

우산을 꺼내 들고 섰다가
쓰고 가라고 손짓을 했다

젊은이는 깊게 고개를 숙이고
흰 치아를 하얗게 드러내며 웃었다
나도 따라 웃었다

그가 뒷모습을 남기고
멀어질 때까지 지켜보았다

부라보콘 세 개

저녁을 먹고
부채질하며 대문 밖에
앉아 있었다

이웃의 중년 남자는 퇴근길
거나하게 한잔하고 콧노래를 부르며
오다가 멈추고 고개를 끄덕하고
골목길로 들어갔다

잠시 후 빈 요란한 장바구니 소리를
내며 다시 나왔다

가까운데 CU 오픈한 걸
아직 모르는 눈치였다
상록식당 앞에 새로 CU 개업했어요
생수 세일도 하던데요
라고 말해주었다

얼마 후 그가 부라보콘 세 개를 들고 내게로 왔다
그때는 이웃 아줌마랑 이야기 중이었다
손사래 치는 우리에게
하나씩 주고 하나는 엉덩이 뒤쪽으로 감추었다

보기에는 투박한 사람이지만
누구는 하나 주고
누구는 두 개 줄 수 없는 그 마음

나는 잘 먹을게요
인사를 했다

내가 사랑하는 것들

내가 사랑하는 것은 아주 사소한
일상입니다

마음 맞는 친구들이랑
한나절 수다 떠는 것도

햇살 언뜻언뜻 비치는
산길을 끝없이 걷는 것도 좋아해요

뭉게구름 가득한 가을 하늘
올려다보는 것도

바람 부는 들녘에서 노을빛 하늘을
하염없이 바라보는 것도 좋아해요

풍로초 바질 애플민트가 자라고 있는
마당에 앉아 멍 때리는 오후

내가 살아가면서 하고픈
사소한 일상입니다

아버지

오륙도가 창밖으로 보이던 교실
담임 곁에 낯선 남자가 나를 기다렸다
그는 아버지의 채권자였다

세간살이라곤 없는
살던 방을 보여주었다

그는 그나마 재산목록 1호인
작은 트랜지스터 라디오를 들고 가 버렸다
왜 가져가냐고 묻지도 않았다
그도 아무 말도 하지 않았다

아버지는 세상 모르는 부잣집 둘째 아들이었고
가장 가난한 시절에
다섯 자식 거느린 가장이었다

그 흔들리는 눈빛을 기억하는 나는
지금도 사무치게 가슴이 아린다

처음

시 쓰기 반에 괜히 왔나 싶어요
속 시끄러운 건 싫어요
마음의 평화를 원해요

시집도 읽어야 하지요
써야 하지요 지워야 하지요
생각도 거듭해야 하지요
생각은 정리도 안 되지요
그렇다고 열정이라도 있나요

아무리 생각해도 시 쓰기반에
괜히 왔다 싶어요

그럼에도 불구하고 싫다고
떠나지 않는 이유는 뭔가요

살면서 많이 울었고, 쓸쓸했고

이정애

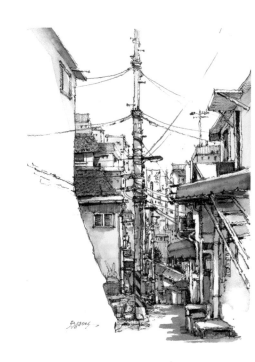

산격동

산 밑에 절이 있고
절 옆에 돼지를 키우던
곱사언니가 있었다

술꾼 아버지가 홧김에
방바닥으로 내던진 아기는
곱사가 되었고
더 이상 키가 자라지 않았다

곱사가 된 언니는
돼지 여물을 주고, 뜨개질하면서 살았다

내가 놀러 가면
아끼던 곶감을 내어 놓고
세상에서 제일 맛있는 것이라고 했다

돼지 여물주고 뜨개질하고 곶감 먹던 언니는
추석 다음 날 곶감 먹고

창자가 터져 죽었다

이철우

푸른 바다가 아름다운
어촌 마을

대청마루를 사이에 두고
옆으로 방이 두 개 있는
오래된 학교 사택에
홀로 사시던 아버지

창호지를 발라놓은 방문 중간쯤에
둥근 모양으로 두껍게 달려있는
낡은 문고리가 세월을 말해준다

서재로 쓰는 왼쪽 방
3개의 연필통이 나란히 있고
그 속에는 10원, 50원, 100원
동전들로 가득 채워져 있다
방학 때마다 찾아오는 자식들을 위해
속 깊은 부정을 그 속에 담아 둔다

솔 담배를 즐겨 태우시는
애연가의 방안에는 솔 향기가 가득하고
앉은뱅이책상 위에는 담배꽁초를 품은
비우지 않은 재떨이가 무겁다

쌓여있는 책 꾸러미들
그 위에 묵은 연기들
갈 곳을 잃고 먼지가 되어 내려앉았다

계란 노른자 2개에 들기름 한 숟가락
싸구려 담배 한 갑이
여섯 자녀의 아버지를 살게 하던 곳
대구에서 4시간 거리
영덕이 있다

*이철우(1926~1979) 경북 영천에서 태어나 27살에 최연소 교감 선생님이 되
셨다. 이승만 대통령과 박정희 대통령으로부터 교육자상을 수상하셨고, 오랜 교
감 생활을 끝으로 49살에 교장 선생님이 되셔서 영덕으로 발령 받아 영덕 도천
초등학교와 창포초등학교에서 근무하시다가 1979년 6월, 어느 초여름 일요일
새벽녘에 뇌졸중으로 안타까운 생을 마감하셨다. 슬하에 2남 4녀가 있다.

나의 죽음에 관한 시

유언장을 쓴다
나의 죽음을 가장 먼저 발견한 사람께
유품 정리를 부탁해요
수고스러운 일에 드릴 것은 없고
가장 아끼는 피아노를 드려요

유언장을 쓴다
죽음의 문턱에서 말을 잃어버린 채 통증에 시달리거든
요란한 병원의 소독약에 취해 몽롱한 정신으로 있지 않
게 해 주세요
마지막 시간은 조용히 집에 있고 싶어요

유언장을 쓴다
내가 떠난 자리에 흔적일랑 만들지 말아주세요
화장(火葬)을 하고
바람길 따라 뿌려주세요
답답하게 갇혀 있고 싶지 않아요

유언장을 쓴다
내가 가는 날 혹시라도
배웅할라거든
검정 옷은 입지 말아주세요
사람들 눈치 본다고 많이 입었잖아요
그러니 그날은 알록달록 예쁜 옷 입으세요

유언장을 쓴다
살면서 많이 울었고, 쓸쓸했고, 고독했다는 것은
비밀로 해주세요
호탕하게 웃으며 잘 살았다는 것만 기억해주세요

유언장을 쓴다
나를 만났던 당신
상처 주고, 힘들게 해서 미안해요
용서를 빌어요
부디 행복하세요

먼지

멀리 이국땅에서
정신없이 살아가는 나에게
어머니는 결혼하라는 말은 못하고
약혼식에는 한복을 입으라며
하얀색 본견에 곱게 수놓은 치마저고리
조바위, 비단 고무신까지
꼼꼼히도 준비해 보내셨다

칠순의 침침한 눈으로 손수 지은 한복
때가 탈까 조심히 가져다 입어보니
오른쪽 소매의 꽃 자수가 거꾸로 피어 있었다

실수라는 것을 몰랐던 솜씨
오점을 남겼다며
한숨을 쉬시던 어머니

다시 한복을 조심스럽게 개는데
언제 만들어 놓았는지

고운 명주실 비집고
고향에서 따라온 먼지가
보석처럼 박혀있다

어머니의 사랑이, 희생이
그리고 딸을 염려해 잠 못 들던 시간이
가장 작고 가볍게
어쩌면 보이지 않게
가벼운 먼지가 되어
어머니를 따라왔다

코스모스

아버지 산소로 가는 좁고 긴 들길
어머니가 코스모스 씨앗을 뿌려 놓았습니다

연분홍 한복을 좋아하던 어머니
아버지 뒤에 한발 물러서 걷던
영락없는 조선시대 여자였는데

손잡고 다정히 걸으라면
수줍어 어쩔 줄 모르던 코스모스
여섯 자식 둔 엄마

먼저 간 남편 보러 가는 길
꽃길을 걷고 싶어 하던 어머니
자식 뒷바라지에
자갈밭만 걸으셨는데
그중 한 길은 제가 만든 길이었지요

아버지와 손잡고

코스모스 길 나란히 걸으셔요

거기서 나풀나풀

마음껏 걸으셔요

못

50년 묵은 못 통을 쏟는다
수많은 못들이 쏟아져 흩어진다
짧은 못
긴 못
녹슨 못
구부러진 못

못으로 살았던 청춘
쇳독이 오른 못을
너에게 박았다
너는 쇳독이 올랐고
나는 모른 체했다

못 통이 쏟아진다
쏟아진 못이
나를 찌른다

나는 못 속으로 가라앉는다

봉숭아 꽃물 들였던 8월의 손톱은

이태숙

나이 안의 그림자

언제부터인가
눈 안에 작은 벌레가 다닌다
하루는 거미 같기도 하고
어떤 날은 개미 같기도 하다
눈을 비빌수록 벌레는 더 크게
더 선명하게 보인다
눈앞에서 가라고 손짓해도
잡으려 손짓으로 훔쳐내어도
떠나질 않는다
병원에서
비문증이라 한다

어떤 날에는 금빛 광선도 지나간다
주왕주왕 거리며 벌레를 다 잡은 것 같다

나를 따라다니는 그림자처럼
나이가 들어가니 내 안에 들어오는 것도 많아진다

골목 주차

임대 문의 붙인 곳에
될까?
술병으로 장식된 가게 앞에
될까?
대문 열기에 불편
할까?
장사 준비에 짜증
날까?
언제 가게 문을
열까?

동네를 세 바퀴 돌아도
골목은 자꾸만 좁아지기만 하네

이기록

당신은 내 책가방을 들어주느라
당신 가방은 텅 비어버렸네요

늘 무거운 눈꺼풀로 나는 걸어가지만
당신은 낡은 대패만 들고 가네요
그렇게
한참을 가다 손을 바꾸자고 손짓하지만
그저 정류장 담벼락이 길다고만 하네요

당신은 내가 몇 번의 버스를 기다리는지를 모르지요
무딘 대패 속에 갇혀있던
가 나 다 라 1 2 3 4들

매일 당신은 바지 주머니에 톱밥을 가져왔지요
톡톡 털어버리면 떨어져 나간 것도 있지만
주머니 속에 갇힌 톱밥은 손을 넣어서
뒤집어야만 털어졌어요

당신의 글자와 숫자도 끝내 털어내지 못한 채
당신의 푸른 청춘을 누런 톱밥만 남겨두고
당신은 수의를 입고 나무 속으로 떠나셨지요

오늘 당신을 기록해 두고 싶은 날인 것도 모른 채

*아버지 이기록은 경북 영천 사람으로 아들 여섯, 딸 하나를 남기고 2008년(91
세)에 세상을 떠나셨다. 한글과 숫자를 몰랐지만, 평생 목수 일을 하시며 사셨
다.

어떤 날이 찾아왔나요

장맛비가 그친 날
각산 금리단길 골목에 낯익은 시인을 찾으러 다녔어요

초록 붓 끝에 노란 물감을 묻혀놓고
애타는 애니시다 화분을 발견했어요
그림을 그릴 것 같은 시가
있을 것 같아요

벽돌 담장에는 나팔꽃이
아직 아침인데 저녁노을빛을 모아
촉촉해진 꽃잎으로
지난밤
젖은 시를 읽을 것 같아요

여름 내내
꽃에 물을 준다는 동네 주민의 밝은 웃음도
이 동네 시인일 것 같아요

예순 나이까지 살다 보니
시를 찾는 날도 오네요

돌아갈 것을 알지만

언젠가 무거운
병을 가득 안고 돌아갈 날이 생길 것이다
어느새 예순만큼 와 버렸다

작은 꽃 하나를 보고
색연필로 그 빛을 그려보기도 하고
물감을 짜서 색을 찾기도 하고
어울리는 글귀도 적어보던 때가 있었다

보라색 꽃바구니를 그려 선물하는 날에는
어떻게 이런 색을 내시나요
어쩜 이렇게 잘 그리시나요
나이 들어 좋은 취미 가지셨네요

건네 받은 말들
이젠
하나하나 내려놓고
돌아가야 한다

닳아버린 내 연필과 붓
말라버린 물감을 두고
돌아가야 할 것도 알지만
가기로 했다
그리기로 했다

8월의 여름

흔히
먹구름 사이로 여름은 시작된다지요
붉은 입김으로 후 불면
노을이 되는 상상을 해봐요

가늘게 바람 불어오면 구름은 달아나고
소낙비가 쫓아오던 그 여름날을 기억해 봐요

봉숭아 꽃물 들였던 8월의 손톱은
얼마나 길어졌을까요

오늘은
나무 그늘 아래에 뒤집어진 매미 한 마리 보고 있어요
그 초록 벽을 감싸던
매미의 울음소리는 굳어버린 채로

그해 여름은
끝이 났지요

매년 사 들고 가는 카네이션 꽃이지만

임귀선

카네이션 꽃

이른 새벽에 눈이 떠졌다

카네이션을 사서 아버지 보고픈 마음에 병실 문을 열고
들어가면서
"아버지"라고 불러도 아무런 반응도 없이 누워 계시고
힘겹게 눈을 떠보지만 이내 눈을 감으셨다

"아버지, 오늘이 어버이날인 거 아시죠?"

누워 계시는 아버지 가슴에 카네이션 꽃을 얹어 놓고
"아버지, 사랑합니다"
나도 사랑한다는 말을 듣고 싶었지만 들을 수가 없는

매년 사 들고 가는 카네이션 꽃이지만
이번이 마지막이 될 것 같은 마음

말씀은 하지 못하지만
들을 수 있을 것이라 생각하며

아버지께 어버이날 선물로 부모라는 노래 한 소절 불러
드렸다

 낙엽이 우수수 떨어질 때
 겨울에 기나긴 밤… 부모 되어서 알아보리라

 아버지 옆에서 하염없이 눈물이 흘렀다
 내년 5월 8일은 어버이날이자
 사랑하는 아버지 기일에 카네이션 꽃 사 들고 막내딸 찾
아뵐게요
 아버지 보고 싶고 그립습니다

여름

냉면을
가장 좋아하신 아버지
가장 큰 그릇에
살얼음 둥둥 띄운
짧아진 면발 한 젓가락

긴 면발 위에
아버지의 고단했던
희생과 삶이었을 것이다
그 시간들을 추억하며

내 나이 예순이 돼서야
겨자 맛도 알 것 같고
시원한 육수 맛도
알게 되었지요

딸 아이, 엄마하고 부르네요
저녁에 콩국수

한 그릇 먹어요

부모는 자식만 바라봅니다

공지사항

사랑하는 가족 여러분
아내, 엄마로 살아오면서 무엇보다 행복했고
가족 모두에게 사랑을 많이 받아서
행복한 마음으로 살아온 지난 날을 감사하게 생각합니다

아내로서 당신에 다정다감한 성격은 아니지만
지금까지 아침밥, 저녁밥 꼭 챙겨 드렸고
깨끗하게 외출할 수 있도록 깨끗한 빨래 해주고,
등 가려울 때 효자손 대신 등도 긁어주고
지금까지 당신 곁에서 살아온 긴 세월 고맙다고 말하고
싶네요

그리고 사랑하는 아들, 두 딸에게는
이 세상 누구보다도 너희 삼 남매 모든 이들에게
사랑을 받을 수 있도록 사랑으로 너희 삼 남매를 키웠다
그러하니 누구에게든 항상 이쁨받고
매사에 긍정적이고 웃음을 나눌 수 있는
그런 가정을 꾸려가길 바란다

공지사항이니 명심하거라

엄마가 사경을 헤매고 있을 때
병원에서 어떤 조치도 취하지 말거라
자식의 의무 다한다고 생명유지도 하지 말고
편안하게 갈 수 있도록 엄마를 보내다오
'사전 연명 포기 각서'를 제출한다

다음 생에도 너희 엄마가 되고 싶지만
너희가 바라지 않을 것 같네

가족 여러분
사랑합니다
잘 살고 갑니다

똥이

동그란 눈이 예쁜 녀석
아들이 데리고 온 날
그 녀석에게 내 마음 이끌리는 이유는 무엇일까?

그 녀석도 우리 집이 낯설 텐데
온 집안을 헤집고 다닌다
남편은 털이 날려서 싫어하고
딸 아이는 무서워서 소파 위로 도망 다니고
나도 무섭다

그러나 그 녀석이 그냥 좋다
그 녀석도 내가 좋은가보다
이리저리 내 뒤만 따라다닌다

새벽에 눈 떠보니
녀석은 내 겨드랑이에서
잠을 자고 있고
나도 그 녀석을 끌어안고 잠이 들었고

그 녀석 온기는 따뜻했다

온기는 가족만 느끼는 것이다

녀석은 우리 가족이 되었다

임병균

아버지 떠나신 올 여름은 폭염 속에서 지냅니다
아버지 계신 곳은 그리 덥지 않았으면 좋겠네요

땀인지 눈물인지 모를
투명한 액체는 눈가를 적시고
닦아도 닦아도 마르지 않는 샘물처럼
두 뺨 위를 타고 내려옵니다

하늘을 봐도 눈물이 나고
두 눈을 꼭 감아도 수도꼭지 틀어놓은 것처럼

하지만 아버지 아버지
시원한 냉면 한 그릇으로
땀도 눈물도 닦아보려 합니다

아버지 계신 곳으로 냉면 배달 보내드릴게요

*임병균: 1930년 4월 13일생, 구미 선산, 1남 3녀 둠, 자상하시며 책임감 강하심. 2024년 5월 9일(94세)별세.

낡은 지갑

할아버지의 낡은 지갑은
점퍼 속 양주머니에 꼭 숨어 있어요
오토바이 타고 농협 마트 갈 때면
쏘옥 나오지요

시골 장날 할머니 시장 갈 때면
만 원짜리 몇 장 나오지만
할머니는 할아버지께
오만 원만 더 주소
사정 사정합니다

자식들 오면 먹이려고
이것저것 사지만
할머니 당신 좋아하는 생선을
오늘도 못 사고 옵니다
할아버지 생선을 싫어하니
할머니 당신 드시고 싶어도 못 사고
생선만 바라보다 옵니다

마음

안방에는
가족사진과 부모 영정사진과
커다란 달력이 매달려 있다

찢어진 달력 사이에 고단했던 아버지의
마음과 외로움이 적힌
몇 줄의 낙서가 새겨져 있고

조금 더 깊숙이 아버지의 마음을
헤아렸다면
반쯤 찢어진 달력처럼
잠 못 이루지 못한 밤이 되지 않았을 텐데

마지막 남은 달력에는 붉은 노을이 가득합니다
당신의 마음을 눕히고
감싸는 날이었으면 합니다

호박꽃이 필 무렵이면

전정미

이금순

옆집 텃밭에 핀 호박꽃을 보니
어릴 적 엄마가 해주던 호박꽃 만두
넉넉지 않은 살림에 홀로
7남매 키우시던 엄마
옹기종기 놓인 항아리들 사이에
가끔 달빛이 쉬었다 가고
고인 빗물은 속으로 삼켰을 엄마의 눈물
양지 바른 곳에 호박 구덩이를 파서
씨앗을 심지요
아침에만 활짝 핀 호박꽃
저녁에는 오므라든 호박꽃
호박꽃이 필 무렵이면
늘 엄마가 해 주던 호박꽃 만두가
생각이 나지요
찐 호박꽃 만두
엄마의 주름진 젖가슴을 닮았지요

*이금순은 전라남도 강진에 태어났으며 2남 2녀 중 장녀로 1929년 8월 12일생
으로 2020년 2월 5일(89세)로 세상을 떠나셨다. 음식 솜씨가 일품이었다.

서랍 속

우연히 딸의 방 서랍 속에서
일기장과 사진을 보았지요

일기장 궁금해서 볼까 말까

결국 보지 않기로 하고 넣어두려는데
사진 한 장이 툭 떨어졌지요

기숙사에 딸을 혼자 두고 돌아오는 길
차 안에서 펑펑 울었던 생각

난생 처음 떨어져서일까
그렇게 먼 거리도 아닌데
왜 그리 눈물이 났던지

그때 마음이 훗날 딸 아이 결혼하면
이런 마음일까 생각이 들었지요

그 후 13년 뒤 딸이 결혼하는 날
그때는 눈물이 나지 않았지요

서랍 속 환하게 웃던 사진
텅 빈 딸 방
조용히 문을 닫아놓았지요

못

큰 망치로 때려도 참았고
작은 망치로 때려도 참았지요
힘을 갖기 위해 또 참았지요
당신이 내가 필요하다면 참을 수 있지요
힘 센 못이 되어 당신이 힘들 때
잠시 걸어 두고
잠시 쉬어가고
이 많은 상처는 세월 가면
치료가 될까요

번개소리

이른 아침 장맛비가 내린다
여름 장마는 끈적끈적
퀘퀘한 냄새 땀방울이 맺히고
땀에 젖은 몸 습기도 많지요
쿵쾅쿵쾅 번개소리
총소리 같기도
번쩍거리는 불꽃 같기도 하고요
칡넝쿨 줄기로
산등성이를 내리치는
번개소리
어른이 되어도 무서워요

부부

오늘 하루도 당신이 많이 웃었으면 해요
오늘 하루도 당신이 많이 가벼웠으면 해요
오늘 하루도 당신이 많이 행복했으면 해요

양말과 속옷은 두 번째 서랍에
윗옷이 밝으면 바지는 어둡게
바지가 밝으면 윗옷도 밝게 입으셔야 해요
내가 없다고 이리저리 티 내지 말고요

그래도 문득 저녁 노을 보거든
내 생각해주면 좋겠지요
영 생각 안 하면 서운할지 모르니

수저를 들다가
꽃에 물을 주다가
티브이 채널을 돌리다가

소복 담은 앙버터빵과
소금빵과 아메리카노를 마실 때
잠시 내 쪽을 보고 웃어주세요
오늘도 수고했어요

여보! 잘 자요

나도 모르게

추운 겨울 바람에
가시가 같이 왔나 봐요
가시는 누구에게나 있나 봐요
부드러운 가시도
뾰족한 가시도
사람들 가슴 한켠에 가시 하나쯤 숨기고 사나 봐요
마음 밖으로 한 번씩 툭툭 튀어나와
가장 가까운 사람을 찌르나 봐요
어쩜 나도 모르게
내 가시가 자라 다른 사람을 찔렀는지도 몰라요
찌른 줄도 모르고 찔렀는지 몰라요
다 아문 줄 알았는데
상처는 그림자처럼 따라 다니나 봐요

어서 오세요 옥수수 삶아 놨어요

홍현옥

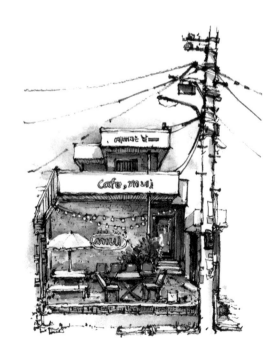

국화 한아름

일주일에 한번씩 목요일이면 울 아파트에
꽃 파는 아저씨 트럭이 온다

화분과는 달리 오래 가지 않는 꽃을 잘 사가지 않는다
어쩌다 기분 전환용으로 봄이면 향기 좋은 후레지아
한 다발 사는 것이 전부였다

그날의 일과를 마치고 터벅터벅 집으로 가는 길
그냥 스윽 지나가는데 오색 국화가 내 발목을 잡아 세웠다

국화 향기가 코 끝을 찌른다
아저씨 오색 국화 주세요
이렇게나 많이요
저에게 선물 하려고 해요
오늘이 제 생일이에요

노란 병아리

초등학교 정문에서 사 온 노란 병아리 다섯 마리
라면 박스에 신문지 깔고 물과 모이를 넣어
주었는데도 계속 삐약삐약 울어댄다

2층 주인집 아줌마 눈치가 보인다
어린이집 다니는 딸아이가 떼쓰고 울어도
그냥 왔어야 하는 거였는데

비실비실 꾸벅꾸벅 눈감고 졸고 있는 것보다
우렁차게 우는 것이 건강해 보여 골랐는데
딸 아이 말대로 엄마 보고 싶은 걸까
그 노란 병아리

모두 무럭무럭 자라 시어머니 댁에 갖다주었다
엄마 꼬꼬닭 어디 갔어요
딸아이가 따라다니며 묻는데
차마 시어머니 보양식이 되었다고 말 못했다

조금희

하늘 위도 더울까?

긴 하키채 잡고 달리고 있을 너
하나밖에 없는 사춘기 아들 여자 친구 사귀는 것도
못 보고 사랑하는 사람 두고 옆집 놀러가듯 떠나버린

너의 부고 소식 거짓말이길 바랐어
손자 태어나 행복해하는 나에게
바쁜 날에도 아침이면 보내오던 너의 카톡에는
단 한 번도 병문안 오라는 말 없었지

40년 전 무더운 여름날
땀범벅이 되어 운동하고 있던 너
지나가던 나를 보고 음료수 하나 사 줄래 하며
다가왔던 너

우리는 그렇게 만나
매일 안부를 전하고 좋은 것 있으면 나눴는데

오늘은 시원한 단비가 내렸으면 좋겠다
금희야

*조금희는 하키선수였다. 대구 사람으로 슬하에 아들 1명을 두고 2020년 12월 8일(56세)에 세상을 떠났다. 어른 잘 섬기고 일가 친척 사랑하며 이웃에 봉사하다 모든 사람의 마음에 아쉬움을 남겨놓고 떠났다.

내 장례식에 부치다

내 장례식에서는 울지 마세요
아마도 내 영정사진 보면
웃음보가 터질지도 몰라요
웃어도 좋아요
저도 조금 전까지 웃었던 사람
방금 잠이 들었거든요

부조금 얼마 낼까 깊게 고민하지 말고
차려진 음식 맛있게 드시고
밥값 정도는 내고 가세요

내 마음 같으면 내가 갖고 가지도 못할 돈
찾아와 준 것만도 고마워
그냥 가세요 하고 싶지만
그러면 아이들 부담이 클 듯해서……

내가 죽으면 김천 구성면 고향땅
따뜻한 햇살 한 줄기 내리는 곳

너그 아버지랑 한 이불 덮을 수 있게
꼭 같이 있도록 해달라고 미리 말해 두었으니

잘 정리 정돈된 서랍장처럼
저는 이제 이 세상 잘 마무리했으니
저 세상으로 갑니다

찾아와 주서서 고맙습니다
안녕히 계세요

아프면 안 된다

누가 등 떠밀며 시켜서 가는 곳이 아니라
내가 배우고 싶어 가는 곳
계단 오르는데 난간을 붙잡고 달달 떨면서 올랐다

어서 오세요 옥수수 삶아 놨어요
서러워 눈물 왈칵 쏟아졌다

나 3분만 울고 먹을게요
엉엉 우니 티슈를 뽑아 오고
왜? 뭔 큰 일 있나
누가 아프나?
옆에 와 물어대요

샤워하고 나오다 미끄러져 무릎을 다쳐 입원하라는 것도
안 하고 여기 오는데 괜히 나 혼자 서러워
눈물이 난다고 하니
돌아가며 건네는 위로에 또 눈물이 흐른다

아프면 안 된다 아프지 말아야 한다
난 아직 하고 싶은 것도 많고
해야 할 일도
해줘야 할 것도 많다

아픈 몸보다 더 못 견디게 아파 오는 것은
내 마음이 서러워 온다는 것이다

시어머니와의 목욕

며느리 다섯을 봐도 목욕탕 같이 오는
며느리는 너밖에 없구나

처음 시어머니와 목욕탕에 갔을 때
어색했던 그 서먹함도 추억이 되었다

야야 너는 젖이 커서 애 젖 먹일 때
애 배 곯지는 않겠다

그때 나는 좀 부끄러워
젖가슴을 가렸는데

나는 내 반도 안 되는 우리 어머니 등을 밀어주면서
이 작은 몸으로 어머니는 육 남매를 키우셨구나
굽어진 등을 바라본다

어머니, 또 목욕같이 해요
제가 시원하게 등 밀어드릴게요

각산마을
시 쓰는 할매들을 소개합니다

김한순

결혼해 40년을 각산(금리단길)에 살았습니다. 요리연구회도 나가고 배우는 것을 좋아해 시 모임에 참여하게 되었습니다. 임수현 선생님의 칭찬에 용기를 얻어 살아온 경험들을 적어 보았답니다.

남주연

구미에 살다 선산으로 시집 갔습니다. 두 아들을 두었고 평소 책 읽는 것도 좋아하고 글씨 쓰는 것도 좋아합니다. '꽁냥꽁냥'이라는 캘리그라피 모임에 참여하고 있습니다.

변영숙

"저는 감자 바우래요." 남편을 만나 강원도 정선에서 구미로 시집와 살고 있습니다. 피자를 구워 파는 사람입니다. 취미로 캘리그라피, 그림 그리기 등 손으로 하는 것을 좋아합니다.

서태형

금리단길 아니 각산이라는 이름 속에서 오래 살았습니다.
아침에는 화단에 물 주고 저녁에는 마을 쌈자정원에 신귀
애 쌤과 이정애 쌤과 같이 물을 줍니다. 바쁜 날도 많지만
아름다운 꽃과 시 속에서 시인으로 살고 싶습니다.

손순희

저는 구미에 태어나 줄곧 구미에서 살았습니다. 1남 4년
중 둘째이고 지금은 원평동에 살고 있습니다. 자녀는 1남
2녀를 뒀습니다. 현재 가정주부이며, 조그만 텃밭 가꾸
고 시도 배우고 도서관 강좌도 들으러 갑니다.

신귀애

금리단길에 오래 살았습니다. 식물을 키우고 하늘 바라
보는 거, 틈만 나면 산에 가는 걸 좋아합니다. 어느 곳에
서나 필요한 사람이 되고 싶습니다.

이정애

30년을 타국에서 살다가 금오산으로 돌아왔습니다. 창과 문을 꼭꼭 닫고 사람보다 피아노와 더 가깝게 지내며 세상과 담을 쌓아가던 날, 앞집 신귀애 선생님을 만나 문밖으로 나올 수 있었습니다. 시를 통해 또 다른 나를 발견할 수 있었습니다.

이태숙

손자 손녀를 둔 할머니지만 늦깎이로 시 창작을 배우는 중입니다. 캘리그라피 동아리 '꽁냥꽁냥'에서 활동 중입니다.

임귀선

구미 선산에서 살고 있습니다. 1남 2녀 자녀를 두었습니다. 평소 메모하는 습관이 있어 뭔가 써 보고 싶었는데 각산 할매 시 수업이 있다고 해서 참여하게 되었습니다.

전정미

선산에서 33년째 살고 있으며 취미생활로 파크골프와 탁구, 캘리그라피를 하고 있습니다. 목공을 즐겨하고 내가 만든 작품을 지인에게 선물도 하고 그냥 주기도 합니다. 주는 걸 좋아합니다.

홍현옥

구미에 사는 공주, 잘 놀아주는 할머니, 내 편에게는 이쁜 친구, 최고보다는 최선을 다하는 구미의 에너자이저입니다.

함께 울어주는 시

첫날, 주차할 곳을 찾지 못해 예기치 않게 골목을 한 바퀴 돌아야 했습니다. 각산마을은 구미역과 가까이 있지만 번화한 도시의 얼굴은 아닙니다. 카페가 생겨나고 책방이 생겨났지만, 여전히 낮은 벽돌집과 빌라들이 다닥다닥 어깨를 기댄 소박한 마을입니다. 골목 담벼락에 흐드러진 능소화며 배롱나무가 먼저 인사를 건넵니다.

주차하는 동안에도 머릿속으로 많은 말을 굴렸습니다. 무슨 말을 하면 좋을까요? 시가 뭐라고 설명하면 좋을지 어떻게 써보자고 할지. 골목만큼 머릿속이 복잡했습니다.

쉽게 주차할 수 있는 곳을 알게 되는 동안, 네 번의 수업이 흘러 가고 있었습니다. 즐거운 건 즐거운 거고 막막해지기 시작했습니다. 책을 낼 수 있을까? 시는 가르치는 것도 배우는 것도 아니라고 했는데, 여전히 저는 시가 뭐라고 말할 수 없었습니다.

물꼬가 트인다고 하지요. 한 분 두 분 자신의 이야기를 풀어놓기 시작했습니다. 어머니, 아버지 이야기만 나오면 목이 메였지요. 목이 잠겨 시를 읽다가 끊고 그러다 이어 읽으면 노을 번지듯 여기저기 눈가가 붉어졌습니다.

"사는 게 다 시 아이가."

그랬습니다. 할머니들은 모두 이미 시인이었습니다. 살아온 이야기를 묻어둔 채 "예전에 다 가난했지." 끝끝내 꺼내고 싶지 않

던 이야기를 풀어내며 조금은 가뿐해졌는지도 모릅니다. 아니,

조금 더 무거워졌을지도 모릅니다. 덜어내면서 가득한 마음이

생겼으니까요.

 옆 사람이 슬픈 일을 당하면 가장 큰 위로는 함께 울어주는 거

라 합니다. 그런 점에서 시는 함께 울어주는 일인지도 모르겠습

니다. 딱히 뭐라 전할 말을 찾지 못하고 어깨를 토닥토닥해주는

정도의 일, 그러다 슬쩍 눈가를 훔치는 일.

"사는 게 다 그렇지!"

 애써 밀쳐냈던 과거가 한 편 한 편 쌓여가며 사느라 '애썼다'

로 변해갔습니다. 위로와 회복의 시간으로 다가왔습니다. 시는

쓰는 게 아니고 씌어 지는 것인가 봅니다. "

무사태평해 보이는 사람도 마음속 깊은 곳을 두드리면 슬픈 소

리가 난다.”라는 나쓰메 소세키의 말을 빌려 봅니다.

 마음을 열고 그 안에 작은 종을 울려주신 각산마을 할머님들께

감사한 마음 전합니다. 덕분에 저는 한 발 앞으로 나아갑니다.

“이제 숙제 안 내주십니까? 매주 시 생각하다 숙제가 없다고 생

각하니 심심하네요.”

“다시 숙제 내 드릴까요?”

모두 하하하

웃는 시 쓰기 시간이었습니다.

– 2024년 가을 임수현 시인

내 이름을 자꾸 써 보게 된다

————

2024년 11월 20일 초판1쇄 발행
글쓴이 김한순 남주연 변영숙 서태형 손순희 신귀애 이정애 이태숙 임귀선 전정미 홍현옥
그린이 양옥자 **펴낸이** 김성민 **편집디자인** 김경자

펴낸곳 도서출판 브로콜리숲 **출판등록** 제2020-000004호
주소 41743 대구광역시 서구 북비산로 65길 36, 2층 **전화** 010-2505-6996 **팩스** 053-581-6997
홈페이지 www.broccoliwood.com **인스타그램** broccoliwood_ **전자우편** gwangin@hanmail.net

ⓒ김한순 외 2024   ISBN 979-11-89847-93-7 03810

*이 책은 신한-로컬브랜딩 협력사업 〈로컬브릿지 프로젝트〉의 지원을 받아 제작했습니다.
*책값은 뒤표지에 표시되어 있습니다.
*출판 수익금 중 일부는 구미 취약계층노인에게 기부합니다.